एक दास्ताँ

Flairs and Glairs

Publication House

"Ek Dastaan"

ISBN No: " 978-93-91438-18-0 "
1st Edition
Language – English and Hindi

Flairs and Glairs
Publication House
Regd. Under MSME Act.

Disclaimer

This is a work of fiction and solely represent the thoughts of the corresponding authors of the articles. Our editors have tried their best to edit the content of all the authors and check the plagiarism.

All the write-ups in this book are unique and are only published in this book.

In case any plagiarism or error is found, only the author is responsible alone, and not the publisher or the Compilers.

Cover Designing and Book Formatting
Shubham Shah and Ishani Agarwal

Co- Authors

Shubham Shah (Founder Flairs and Glairs)
Ishani Aggarwal (Co- Founder Flairs and Glairs)
Amruta Thakare (Compiler)
Sarvesh Upadhyay (Compiler)

Part - A
(English)

1. Aarushi giria
2. Anas Popatiya
3. Aniket Nikhade
4. A Arun Kumar
5. Digantika Das
6. M Shanmunga Priya
7. Numana Khan
8. Payal Indani
9. Rutba Binti Hilal
10. Qurat-ul-ain

Part- B
(Hindi)

1. Akash Srivastava
2. Bharti Baid
3. Bn shukla
4. Khushi pandey
5. Kunal Sareen
6. Nakshatra Mala Dash
7. Pratik Premraj Bhala
8. Purnima
9. Ratnesh Kumar
10. Sakshi Dane
11. Santosh Sabat

12. Sapna sharma
13. Shubham Vishnoi
14. Sunita Jamuda
15. Zohra Ahmed

Shubham Shah

(Founder - Flairs and Glairs)

Shubham Shah, an entrepreneur at "Flairs & Glairs" a brand with dynamics in events organizing and cultural educational pan INDIA, is a 26yrs old guy who recently has entered the digital platform of imprinting emotions. He has initiated with his own open mic platform to help budding poets and aspiring writers under his brand named as "Teekhe Zasbaaat"

He is a commerce graduate from the Bhagalpur City of Bihar. He states Writing has impersonated him since childhood and he has now been writing for over a decade!

Cooking, on the other hand, is his passion! He also mentions, trying out new things just tickles him!

When asked sir, Why SPICY EMOTIONS?

He smiled and added, "agar jasbaat teekhe na ho toh wo jasbaat kahan" Spices are all that blends! So do his words!

As a chef, he presents to you his dish! Hot and freshly served! Taste it! Feel it! Enjoy it! You can also find his writing in the Book "Teekhe Zasbaaat" and 50+ Co -authored anthologies. With his passion to explore opportunities across Platforms, he is working with keen dev otion and We wish him all the very best for his future ventures.

He is Featured in the International Magazine DeMode for his upcoming solo novel.

He is Approved by Ne8x for its Lit Fest, and is a Golden Star Awards 2020 Winner.

He is a India Book of Records Holder for his Anthology Satrang, and has the Grandmaster title by Asia Book of Records, for the same.

He has also been featured in Prabhat Khabar, Dainik Jagran, and a lot of other Newspapers in Bihar for his achievements.

He has been a proud co-author to

India Book Of Records (Title- Black)

World Book Of Records (Title -15 Wonders of Poetries)

India Book Of Records (Title - Aaina)

Vajra World Records Holder (Title - Gustakhi Maaf Hai)

High Range of Records Holder (Title - Gustakhi Maaf Hai)

Indian Book of Records

(Title - Road from Worst to Best)

Share your reviews on his

INSTAGRAM

@spicy_emotions
@shubham4shah
Or via email on
shubham2shah@gmail.com

To stay tuned to his work and opportunities follow his business Handles

INSTAGRAM   FACEBOOK   YOUTUBE

@flairsandglairs
@teekhezasbaaat

WEBSITE:

https://flairsandglairs.in/
https://flairsandglairs.com/

Ishani Agarwal

(Co-Founder- Flairs and Glairs)

Ishani Agarwal hails from the City of Joy, Kolkata.
She is the co -founder of her Community "Teekhe Zasbaaat"
and Flairs and Glairs Publication.
Been a Compiler for 45+ Anthologies, she is in the process for
more. Co-authored in 150+ Anthologies. She is a India Book
of Records Holder, a Vajra World Records Holder, a High
Range of Records Holder, an OMG Book of Records Holder,
a Bravo Record holder, a Forever Star Book of World Records
and an Indian Book of Records Holder.
Approved by Ne8x for its Lit Fest 2020, and Literary Icon
2020. Also a Golden Star Awards Winner 2020.
She has also been award ed with India Star Republic Award
2021, a part of She Awards by Awards Arc and Winner of Nari
Samman 2021 by Literoma.

She is also selected as Best Achiever of the Year by AwardsArc and Most Challenging Compiler Award by Spectrum Awards.
She got her first solo Published,a solo Compilation consisting of first 750 contents of hers, titled "Hand That Burnt While Healing".

She has been featured by the National Magazine "Taree Zameen Par" with the title 'unstoppable'.
Also featured in the International Magazine DeMode for her upcoming solo novel, she is proud to write on social issues, and is happy with the love she is receiving.
Connect with her on Instagram: @Ishani_agarwal_quotes / @compilations_so_far

Amruta Thakare
(Compiler)

Amruta Thakare is Passionate Writer, age 20 years old. She lives with her family members in Maharashtra,India.
Amruta is an undergraduate student from Nashik University. She love to speak truth and write by heart in the form of Poems, Shayari, One liners, Microtale. Her hobbies apart from Writing includes Dancing, Singing, Anchoring, Reading books as well.

Instagram Handle @_nayisoch

She Answer, "My Birthday":

It's a short story of mine, having only two characters i.e me and my soul.

Once upon a time, I fought with my best friend. It's not a first time, but this was most wierdest fight, as compared to previous fights. My best friend was not talking to me and Of course I m also not.

Some days was gone, I literally felt that I am alone,   felt ;No one can with me. Then I took my mobile and check whatsapp and I saw, My best friend is on top from chatlist named by "BEST FRIEND".But I saw one more thing that, He removed his DP. That's okay, I ignored. After sometime, I guess He blocked me and   my guessing is unfortunately correct, I m totally shocked and one by one drops came out of my eyes ;Yes, I cried.

       Next day, I woke up in the morning with a hope that he unblocked me. And I was feel he is missing me lots. While contemplating something like this, I stood in front of the mirror. Then; I meet my conscience. She says, Don't be sad, Your bestest friends is always be with you. And I answered her angrily, "No one with me, he blocked me too. He blocked his bestest friend" It was a first time, he block me. "

She says, "Your relation, Your Friendship, Your whole childhood memories with you, just give him some days, your friendship of bonding strength will not let this friendship break. Just, be positive and wait for him"

I calmed down and was thinking positive!!

My SOUL, She is expecting lots from him. She is taking everything in positive way.

I look into her eyes and asked her, "When will he talk to me? " She answered, "YOUR BIRTHDAY "

 I started waiting for that day, I thought I woul d get birthday wishes from the lot, but I would wait for his words every second which will make my day Most Special.

Today (26/05/2020), 3 days to go for my birthday. I just counting my days and eagerly waiting for his words. Hope it will be fine and he w ish me on my Birthday and will make most special.

The day I was waiting for, that day has come (29/05/2020). All the guy wish me and I m eagerly waiting for his wish only. He wish me at 9 pm till night but not with love, there was no friendship words, feelings, emotion in it.

After the day, He totally broke our friendship bond. When he did, My soul was still crying like....!! And My mind is set now that your heart is totally alone , your friendship goes to endship. He never coming back as your best friendYou totally lost him. My life is now totally incomplete.

But still, I hope he will accept....!

Sarvesh Upadhyay
(Compiler)

आप सर्वेश उपाध्याय है, पेशे से "आयुर्वेद" के छात्र है, और अपने जज्बातों को अपनी कलम के सहारे पन्ने पे उतारने का प्रयास करते है, सर्वेश को शुरू से ही किताबो का शौक रहा है, शायरी, ग़ज़ल, पढ़ते- सुनते उन्हें पता ही नहीं चला कब वो इस क्षेत्र की और बढ़ चले,

सर्वेश खुद कई संकलन का हिस्सा रह चुके है, अभी तक इनके कई संकलन प्रकाशित भी हो चुके है,
Insta handle- @originalwrites

वर्तमान

मानव उदार है,मानव महान है।
ख्यालों का खेल है,जग में बवाल है।
मुखोटो की काया है,मोह की माया है।
क्रोध की ज्वाला में,काम नहीं तो पराया है।
लालच का जाल है,बन रहा यही काल है।
इस खोखले समाज का,देखो क्या बुरा हाल है।
सहन शक्ति वक़्त की,देखो ये चूर हुई।
औरो को क्या बोलना ,शायद खुद से ही भूल हुई।
अहंकार है बढ़ रहा, लोगो को जकड़ रहा।
अपना प्रभुत्व दिखाने को, हर कोई है मर रहा।
अंधकार है कलेजे में, बरसा ये फूल रहे
बात करते अपने पन की, पीठ पे खंजर यही घोंप रहे।
हां मानव उदार है मानव महान है।

Aarushi Giria

This is Aarushi Giria, a 16 year old poet who has a perspective which she doesn't refrain from   sharing with the world. Finds joy in smelling new books, the feeling of wind in the hair and barely taking 10 to make a poem. That being said, she's also just a teen using her passion to be vocal.
Insta id - @verse.ion

I Woke Up Aghast

Sleep had engulfed me,
My eyes were full of sleep, nothing I could see.
It was a very long day, I had an exam,
what else should I say.

I went straight to my bedroom,
I slept pretty soon.
I don't know how much time had passed,
When I woke up aghast.

I could swear I heard a noise,
I thought it was the neighbourhood boys.
I ignored them and tried sleep again,
But came the voice again, representing that of some men.

I started feeling scared,
To get up and walk down the stairs,I dared.
As I walked out, the door behind me shut,
And on my hand, I noticed a cut.

I knew it was something unusual, I couldn't tell what,
Just then under the door my leg got caught.
I shouted in pain and wishes someone could come,
The very next moment my leg got released, and I felt numb.

I heard a loud thud from the kitchen.
And then from the den.
What unholy thing my house possessed?
Was someone taking my test?

I hid underneath the center table,
To speak even one word, I was unable.
I don't know when I slept again,

But when I woke up, I saw my friends surrounding me.
Along with them, there was also a comedian.

In the middle of all this, I forgot it was my birthday,
To surprise me, they used this way.
Tears of both happiness and fear started flowing down my
eyes,
I wish they would have acted a little more wise.

Anas Popatiya

He is Anas.Pen name is anas_worldofwords.   A young botanist(soon will be a great Taxonomist). He have started my journey from age of 7 years where he used to write small stories, later by 15, he started writing quotes and this goes to poems and shayaries by age of 18, now by God's grace he can write all genres well. Looking forward to be a great author who touches the souls of readers

Last Choice.

Come I'll tell you a' Dastaan' , try to feel it because it's not different from your story . When he was born same he was crying but don't know why   all we're so happy, from his name to profession and even marriage was decided by his own people and as you know with out asking or even thinking that it's his life. As he started to grow up he started to live a life like a video game run by someone else wi   th a million of emotions in heart and a land of dream in mind and of course burden of fake pride of society and responsibility of parents words. Days passed he even defeated 'Sharma ji ka Ladka ' , his dad was confirm that now ' beta hamara bada naam karega, bada hooke aisa kaam karega' but someone tell him let him do "aisa kaam ". No one even think that he wanted to be musician but who cares for his wish,his dream ,his preference,his life ,someone ?.....?.... No actually no one actually think about this fo r them it's a feeble thing. He was soaked in lather of higher education like a pile of dirty clothes, then pushed in monster like washing machine of M.B.B.S which throw him up , down, right, left, swirled him and finally dried him to half of his life. Fina lly he was heated and pressed by great iron of M.D he was ready to go in market . Sold in hospital's he was alive but can't live his life. Family was overwhelmed sweets was distributed to each relatives with a proud, parents were like they are standing on top of world, neighbor didn't come to ask 'chini ' now instead they ask for free medicine. From crying in washroom to stay awake in nights listing to sad songs, but can these things help him… no it's like pain killers. From cigarettes to alcohol he was now   trying himself to put himself in doctor but he was not. Each time he put stethoscope he missed his earphone, his fingers broke many pens in search of piano keys and guitar strings, he was writing prescription instead of music notes. Soon his liver and kid   ney was dipped in

alcohol and lungs were a cigarette away to become black smoke, he was on going to die sooner or later but… there they came relatives, society, family everyone someone blaming other showing fake concern and of course they have decided anot her time that he will go for a best medication and will recover, but…………. this time he decided he stood up n fight he wanted to die and he will he made his decision for himself, by himself and from himself , ignoring all of them. Lie on bed before his last   time he thought he should have done this a long ago but no good now. Finally he passed away smiling that at least his last decision was made by him. You know what was his last words…………. 'it's their life let them decide and let them live please'.

Aniket Nikhade

This is Aniket Nikhade. He is a transcriptionist doing medical and general transcription. He is well versed in proofreading, editing and writing. As of now he is working at National Cancer Institute at Jamtha in Nagpur.

Diaster

Open spaces.
 Empty spaces.
 Blank spaces.
 Void spaces.
 Congested spaces.
Even blocked spaces.
 In the parking space of a parking lot all kind of spaces get easily noticed. The battle is not between two wheeler and four wheeler. On the contrary it's all abou t parking space, it's availability and price. A concern also being about demand and supply. Number of vehicles are on the rise and the available parking space is much less. If this tends to continue for a long time, then be prepared for the worse because diaster takes place without any warning.

A. Arun Kumar

Arun kumar was born on 2nd August 2001. He is good at mathematical skills and used to convey lots of social information to others. He is also good at writing and his hobby is to read and learn about life .
Instagram I'd @arun_vk_18

Lovely Kingdom

There was a king named Taj who ruled the kingdom named Yahra. He had no sons and daughters to get the next generation of his kingdom but He had married 20 woman's. But no one made the king happy to get the next generation. Then king started to make his kin   gdom vast and started to war with all the kingdoms He won all the kingdoms. Then he founded that there was one kingdom which he left to war with them and he also fought against them. Then his 20 wives said that not to war with that kingdom because they have powerful soldiers and powerful army. But the king Taj dint accept to any of the wife and he went to war with those kingdom Then he lost the war and he died. Then the kingdom Farz won the war and got the whole kingdom from him what he won. Then he started to marry all his twenty wives. Then he started to give birth to 23 sons and 7 daughters. His generation was huge and after decades he started to give his big kingdom to all his 23 sons and they started to rule the whole kingdom. Then those 23 sons started to war with some kingdoms started to marry those kings daughters who won in the war and generated themselves. Then he met a man named Aadhram who said that there is a cave in which there is a gem which fulfills all the dreams and the goals and he just went away invisible. Then king started his journey to go to the cave and his wife also sent him happily to get his win by getting the gem. Then he entered the cave and there was a king who ruled the cave and he was very dangerous to every one But this king went inside the cave without any fear and defeated the king of the cave and got the gem and came back to his kingdom. Then he wife was astonished while seeing the gem and they both had some wishes which they asked before that and got the wishes to come true.   Those wishes just made all the kingdom to be happy and they just

wished that gem without selfishness and they gave a good sense with this which made every people to sense that From this we learn about the tragedy and the sense of humor of the story.

Digantika Das

Digantika Das, born in Kolkata, India. She is pursuing her B. TECH degree in Electronics & Communication Engineering from Amity University, Kolkata. Her professional interests focus on writing and publishing research journals. In addition, she prefers writing short poems and small write ups as a part of her hobby.

A Tribute To The Pulwama Bravehearts

Glittery stars spying in the light of the day,
 Glancing at me, to manifest them the way.
 Thou all are chosen, instead a handful are blessed;
 I owe you to held your head back and take some rest...

Unaware of your name, nor the battle you died;
 Unmindful of your residence, nor the tears that were cried.
 Oblivious of the shelter you rest, nor the vows broken;
Unconscious of your uniform & your frights that lie
unspoken...

Your excellence will declare, that your eyes can see;
Your soul full o f emotions, will hold you close to me.
Time has lapsed and now your turn is done,
Henceforth, the countdown of your final mission has
begun...

Paid honorary to your motherland, served me well;
It's consequently the tale, your service will tell.
 Braveheart soldiers marched & halted near to me,
 Accord your last salutation, as we pay our tribute thee...

Your spirits highly exists, that your fortitude is admired;
Your sacrifices are immensely honored, for each of your
souls that inspired.
 Encase me u p and convey me home, Place my badges and
medals on my chest And,
tell my mom, that his son did his best.

M Shanmunga Priya

Shanmuga Priya hails from Madurai, Tamil Nadu. She pursuing her Master degree in English literature. She is very much interested in Writing and Doodle drawing. During this lockdown period she starts her career as a writer. She is in part of more than 25+ anthologies as a co author. She is a lover of English literature. She complied an anthology as titled as "SHE". She is a full time reader and part time scholar. Writing is her passion, whatever happens she likes to pen down her thoughts. Whenever she feels sad, her Writings makes her happy. She is a lover of Shakespeare's Vocabularies. Her main motive is " What society act ually need from a writer". Her main aim is to create many vocabularies with different meanings. Her writings will continue forever.

Destructive Corruption

Stop corruption, it an epidemic,
That affects not only individual
 But their entire nation.

Corruption is like Covid -19,
 It spread from one area to another
 It's movement is so fast,
Nothing is done at last.

 Outspoken Patriots, like a scary birds,
Fly to distant lands search for safe one's,
 And really have a bett er life.

If anyone dares to stand up against corruption
he most polluted throw him in jail,
 Or bury him under the ground.

Death Is Our Destiny

Dying is our destiny,
No matter how hard we try,
Dying in the fate of everyone,
No matter how old or young you are.

Death will break the needle,
In which you lived,
Death does not notice that
You are in love to live.

Death pushes you in hard times,
Death chokes as long as you are on,
The verge of life,
Dealer death of your destiny.

You will steal the soul,
Let you be in wherever you are
That is really our destiny,
No matter how hard it is to see.

Simply we are die at one day,
We cannot cha nge our destiny,
Even animals also have destiny.
Being a loving things we
Have to face destiny one day.

Numana Khan

Her name is Numana khan and she has completed her intermediate studies from SKD Academy. She is pursuing B. A. from English Literature from ISABELLA THOBURN COLLEGE and its her second year. For her , the ability to convert her thoughts and imaginations into words is the most precious gift she can ever had from Almighty

Season Autumn

Summer goes winter dies
Rains shed spring dries
By every passing year
They sound like moaning lyre
Seasons came and are gone
There is nothing to loose or to be won
So they keep shedding
Like the drie d up leaves
And there the most ignorant Autumn smiles
It breaths cold of winter
Has the warmth of the sun
Brings plague to the green and let them burn
Yet it turns out to be a favorite
Because people love the pale leaves
And empty branches with dried up trunks of trees
There are pile of dryness everywhere
And there is life getting ready to bl oom beneath
somewhere.

दिल-ए-नादां

न हो परेशान
 ऐ दिल-ए-नादां
न हो परेशान
 ऐ दिल-ए-नादां
 आज भी चौखट पे
 किसि और ने दस्तक दि होगी
 जीसे जाना था
वो तो चला गया
जो रह गया बस उतना ही तेरा था
ना देख वो रस्ता
 एक टुक
आब कोइ ना आयेगा
 जो छोड़ गया बीते कल में
 वो बीता कल न अयेगा
 जो गुज़रे कोई मुसाफिर
 उन रास्तों से दोबारा
जो गुज़रे कोई मुसाफिर
 उन रास्तों से दोबारा
तोह ऐ दिल-ए-परेशान
 ना ढूंढना उस एक चेहरे को
उन अनजान चेहरों में दोबारा

Payal Indani

Co- author Payal Indani is a heartborn girl   with lots of love
in her eyes.. Heartbroken by her loved one.. Still finds love
in everyone.. She is happy with whatever she have and also
desires to be a author of her own book very soon.. Love legal
practices but firmly interested in reality of everythin   g.. She
wants to achieve the nano happiness in life and be a star of
her own family like a gem.. She is Co   -author in almost a
dozen of anthologies and seeks the opportunities in every
way she could..

A Story Unsaid..

Childhood became the best part of life.. No tension, no worries.. There wasn't any need to be attention seeker.. Everyone used to love like a puppy.. But then, the pages of childhood from the book of life turned over.. Entering teen was the worst part of life.. But it's well said, what hap   pens, happens for good. This teenage turned my entire life.. A way towards negativity, but also towards my goal.. Towards my hobbies and targets which I always wanted to achieve.. Secretly loved a guy.. Not him actually, but his eyes.. People fall in love at first sight.. But I, felt in love at first talk.. A school going girl, topper in studies, never imagined that she could also be in love with someone.. He knew everything, my love for him, my feelings towards him, and a lot more.. But I never knew what h e would stab my heart so terribly that I just forgot to feel love.. I chose him over my dreams, love over my career and his heart over mine.. But soon then, I realised, it was just infactuation and not love..
Time passed by.. From school to college, there   were tons of ups and downs in my life.. Heartbreak, accidents, loneliness, irritation, depression etc etc.. All this I faced in turning point of my life.. Being depressed just became my other name.. No one ever realised what exactly I was going through.. A ll they wanted was gossip topic. And I became that for them.. Struggle of a girl with eternal feeling of love in her eyes.. Struggle of girl to face the societies grudges.. Struggle of girl to be strong enough while being physically abused.. Struggle of girl to stay in a stereotyped society.. A girl with millions of dreams in her eyes, needs to face tons of struggles to survive in such heart burning society.. It's not easy to pour your heart out when it is broken.. People play with it and then go away.. And   this heart becomes a toy.. New people come, they join it and again tear it apart.. From all such

betrayals.. The heart suffers a lot..Still it loves everyone..
And within it, have a lovely hope..

Rutba Binti Hilal

Creativity has no bounds, and definitely has no age bar. To keep the creative desire intact, all you need is a pen and paper, jot down the ideas and bring them to life. Agree or not, but writing is a niche category that has its charm like no other. "What y ou feel is what you write. There is no better feeling than expressing your thoughts through writing", says Rutba Binti Hilal. She is a grade 11 medical student hailing from Drangbal area in Baramulla, Kashmir. Besides her studies, she loves writing and pla ying with words. Being a writer and a blogger, Rutba is even the originator of 'Paper Chase Publication'.   Moreover, Rutba is leaving no stone unturned to publish her solo debut book called '**Weeping In The Visions** '. Doing everything single -handedly, the wr iter with the grace of time has managed to write the book solely with her experience of the last few years

IG:- @ruttbaaaa

Email: - rutbabintihilal@gmail.com

You Are Everything To Her

O Qais (Majnun)! Your arrival is bliss, You came like the moon of Arfah evening to gift Laila the happiness of Eid. You are art, That sketches her autumn fall so beautifully with life and love. You are a sudden breeze that makes her sweaty summer body peac eful. You are a hope of heaven, Even her body is an orchard of sins. You are her escape from the black hole. You are peace to her miseries and heal to her bruises. Water to her wilted flowers and feeling to her corpse. You are the lover who meets her under autumn sky sitting beside her in pristine grass covered with deceased daffodils and roses. You are the phone that narrates warm breaths when silence engulfs her.

You came like magic to her with autumn leaflet, Sunshine petals to inject hope and colours h   er gaps and tangles And you are like Jehlum to her body holding her blood and stains with your flow. O Qais (Majnun) !, Your Laila is untaught yet write her letters She wants to burn her spirit in flames to glance at every detail of you.

Perhaps, Your sta res are holding grenades, And She is yearning to be a suicide bomber. Though the distance can't be wiped out, Let your Laila fight for you with the stars tonight. O Qais! You are Laila's Kashmir and She is your Agha Shahid, You are the freedom that Kashmir within Laila is seeking, You are like the sky blue or grey, Yet She stares it every day.

Letter From A Stranger To Another Stranger

Hey you,
The cup is always half full. There was a time I would stare at endless stars, Looking for just one   shooting star to make a wish; It was always the same wish.

 A true love, No hidden agendas, No secrets, No false promises, No lies, No tears of abuse, No bad addictions, No loneliness, No pain, No loss.

 But then I looked up and discovered that what I was wishing for just doesn't exist. That real love is a pure heart from within yourself.

 Love yourself, But be humble. Karma will find its way; Karma will find you. Be the person you want people to remember you by.

 It's not what you have, It's what you give   in this world that you'll be judged one day, Was your heart pure? , Did you have good intentions?, Or we're you just another broken promise?

You decide, You choose to wish on that shooting star.

 Your Sincere, Stranger!

Qurat-Ul-Ain

Hey people, meet Qurat -ul-ain, she's an author/writer from baramulla kashmir. She has very keen interest in writing from her very childhood. She wants to help the society through her writings.

Dusk And Dawn

Dusk, it reminds me of the inevitable sadness of all the
beautiful things,
when your dreams are shielded with fear,
you beg time to bind you to a string that will help you fight
the dusk and break the dawn,
you search for them in the horizon,
while they slip away in the fleeting dusk.
The warm hues of the dawn will paint your grey skies,
there's never a world for the sleep inducing lies.
Your dusk will sing with the voice of amber,
you gonna fly when they'll be waiting to see you clamber.
your soul will sail to the shore,
the dusk will make your dawn beautiful, forever more.

Fighting The Odds

I think it's valiant that you get out of the bed in the morning
even if your body is shaking and your soul is shrunk in there.
I think it's valiant that you keep striving to live, even if you
are far away from life.
 I think it's valiant that you cut off the dumps, that are digged
for you to fall and you decide to fight Inaudibily.
 Indeed, there are days when you dicern that you're about to
snap out,
but I think it's valiant that you never do.

Akash Srivastava

ये हैं, आकाश श्रीवास्तव। यूँ तो इंजीनियर हैं पर लेखन में अपना सुकून तलाशते रहते हैं। पहले भी इनकी रचनाएँ विभिन्न संकलनों में प्रकाशित हो चुकी हैं। आप इनकी और रचनाओं को इनके सोशल मीडिया पेजस् पर पढ़ सकते हैं।

www.instagram.com/Akash.aks.writes
www.yourquote.in/Akash.aks.writes
www.facebook.com/Akash.aks.writes

पहले प्यार की वो दस्तक

आज़ कमरे के सामानों को व्यवस्थित करते हुए, कुछ पुरानी डायरियाँ मिली और साथ में यादों की एक नदी सी बह निकलीं। यादें थी वो कॉलेज के दिनों की, जब हम सबमें एक अलग तरह का जुनून रहा करता था। जब ये लगता था कि सारी दुनिया अपनी मुट्ठी में हो और हम कुछ भी कर गुजरते थे। कुछ अल्हड़पन लिए हुए, वो बचकानी सी बातें जो तब हमारी जिंदगी हुआ करती थी। ऐसी कई यादों में से एक होती है पहले प्यार की वो दस्तक। जब आपको पता भी नहीं चलता कि, कब कोई आपके लिए खास बन जाता है और जब किन्हीं कारणों से वो शक्स आपसे दूर हो जाता है, तो फिर उसकी कमी ख़लने लगती है।

ऐसी ही एक याद मेरी भी है, जो फिर से आज़ मेरे चेहरे पर हल्की सी मुस्कान ले आ रही थी। नहीं तो आज़कल की व्यस्त जिंदगी में हम सब तो हँसना भी भूल बैठे हैं। ये प्यार - व्यार तो सब कहीं साईड में हो गया होता है। बस दिखाई देता है तो, ये दुनिया की चकाचौंध जिसके पीछे हम सब भागते रहते हैं, बाकी सब कुछ भूल कर।

मीनल नाम था उसका, मेरे ही बैच की थी पर दूसरी स्ट्रीम की। हम मिले भी थे कालेज लास्ट इयर में एनुअल फेस्ट में, एक ही इवेंट मैनेजमेंट ग्रुप कमिटी में थे हम। पहली नजर में प्यार हो गया ऐसा कुछ नहीं हुआ था। होता भी कैसे पहली मुलाकात में ही तो लड़ बैठे थे दोनों।

हुआ कुछ यूं था कि मीनल अपने एक हाथ में रंगोली बनाने के रंग और दूसरे हाथ में कोल्ड ड्रिंक का ग्लास ले कर आ रही थी और मैं हॉल में से, एक हाथ में इवेंट लिस्ट और दूसरे हाथ में मोबाइल पर

कॉस्ट लिस्ट बनाने में मगन, बाहर निकल रहा था, कि तभी हम दोनों एक-दूसरे से टकरा गये थे।

"देख कर नहीं चल सकते हो क्या?" दोनों ने एक साथ ही कह दिया। "हाँ हाँ बिल्कुल, पर जब कोई सामने से आ कर भिड़ जाये तो मेरी गलती है ना, लगे हुए होंगे जनाब किसी से फोन पर।" , मीनल ने तंज में कहा।

"और लोग भी हर जगह को अपना ड्राइंगरूम समझते हैं उसका क्या, कोल्ड ड्रिंक पीते हुए इधर-उधर मंडराने की क्या जरूरत है?" मैं भी बोल गया उसे।

बात बस इतनी ही नहीं थी, दरअसल रंग हम दोनों के कपड़े पर गिर कर अलग ही रंगोली बना चुका था और मेरी तीन धन्टे की मेहनत के कागज कोल्ड ड्रिंक के तालाब में डूब गये थे। एक दूसरे पर गुस्से से ज्यादा अफसोस काम और सामान बर्बाद होने का था। हम दोनों अपने अपने नुकसान का हिसाब लगा ही रहे थे कि तभी एक आवाज से हम दोनों मुड़े और कैमरे की फ्लैश चमक गई। दोनों के कॉमन फ्रेंड जय ने हँसते हुए कहा, "वाह, क्या क्लिक मिली है। अच्छा हुआ तुम दोनों यहीं मिल गए।"

जय मेरा बचपन का पक्का वाला दोस्त था और मीनल का क्लासमेट था, ये बात भी हमें अभी पता चलीं। "चलो यारों कैन्टीन चलते हैं, बहुत भूख लगी है और तुम दोनों को भी थोड़ा ब्रेक लेना चाहिए हफ्ते भर से लापता हो दोनों।", कहते हुए जय हमें खींच कर कैन्टीन ले आया।

वैसे बात भी सही कही थी उसने, यूँ तो ये फेस्ट बस कहने को दो या तीन दिन के लिए होते हैं पर, इसके लिए कई दिनों की मेहनत भी की करी गई होती है। और वैसे भी जब कोई अपने मनपसंद

काम में रम जाता है तो फिर उसे कुछ और दिखाई भी कहाँ देता है। हम अक्सर ही अपने जीवन में ऐसे डूबे रहते हैं कि ये ध्यान ही नहीं रहता है कि हमारे अंदर और भी बहुत कुछ है, जो हममें जीने की ऊर्जा को बनाए रखता है। जिसे हम अपने शौक कहते हैं। जरूरी नहीं है कि हम सब के शौक एक ही हों पर ये जरूर है कि हर किसी के कुछ न कुछ होते हैं। पर हम उन्हें दबा कर रखते हैं, जबकि ये शौक ही हैं जो रोज की चिकचिक और भागमभाग में भी सुकून के पल दे देते हैं।

उस रोज कैन्टीन का वो ब्रेक कब लन्च और फिर डिनर में तब्दील हो गया पता ही नहीं चला। जय तो अपने दो समोसे और कोल्ड कॉफी का कोटा पूरा करके थोड़ी देर में निकल गया, पर हम दोनों वहीं बैठ कर घण्टों बातें करते रहे। साथ में दोनों ने अपने अपने हिस्से के काम भी कर लिये। मैंने जहाँ नई लिस्ट फिर से तैयार कर ली और सबके हिसाब भी कर लिये वहीं मीनल ने भी अपने रंगोली के नये डिजाइन के साथ साथ बाकी सजावट का प्लान भी बना लिया था। हमारी बातों के टॉपिक्स भी कालेज फेस्ट से होते हुए देश-दुनिया घूम कर कब पर्सनल लाइफ पर पहुंच गए पता भी नहीं चला।

"तो अमित, आज तक कोई गर्लफ्रेंड क्यूँ नहीं बनाई, कोई मिली नहीं या फिर संयासी जीवन जीने का इरादा बना रखा है?" उसने अपना चौथी कोल्ड ड्रिंक खत्म करते हुए पूछा।
"बस ऐसे ही, लड़कियों से बहुत मिली पर..."

"पर तुम एक नंबर के फट्टू निकले और ये सोच कर कि कहीं वो सर पर सैंडिल न दे मारे कहा नहीं किसी से।" मीनल ने मेरी बात को बीच में ही काटकर हँसते हुए कहा और पता नहीं क्यों मैं भी उसके साथ हो गया।

एकदम बच्चों जैसी हँसी थी उसकी, कोई भी मंत्रमुग्ध हो जाये उसमें।

"हाँ हाँ बिल्कुल, कोई भरोसा है क्या और क्या पता फिर अगल बगल की पब्लिक भी लगे हाथ बहती गंगा में हाथ धो ले।" मैंने भी हँसते हुए जवाब दिया।

फिर थोड़ा रूक कर बोला कि, "मीनल आज कल के हिसाब से मैं थोड़ा सा ओल्ड फैशन्ड हूँ इस मामले में। मैं ये नहीं कर सकता कि किसी से प्यार करूँ और फिर उसे छोड़ कर तुरंत किसी और के साथ आगे बढ़ जाऊं या फिर एक समय में कई के साथ रिलेशनशिप में भी रहूँ। आज की हमारी जेनरेशन में लव और रिलेशनशिप एक स्टेटस सिम्बल ज्यादा बन गया है जबकि प्यार जिया जाता है उसे दिखा कर नुमाइश नहीं किया जाता है।"

पता नहीं क्यों पर मेरी ये बात सुनकर वो कुछ सोचने लगी। फिर थोड़ी खामोशी के बाद कहा, "अमित बात तो सही कही है पर ऐसा होता ही कहाँ है? अगर हर कोई ये सोचने लगे तो फिर लोगों के ब्रेकअप्स न हो। और कोई लव को लोचा न समझे।"

"चलो छोड़ो ये सब फेस्ट पर ध्यान देते हैं।" कहते हुए हम दोनों अपने अपने हॉस्टल को वापस आ गये।

उस दिन के बाद से हम दोनों अक्सर मिलते, कभी कैन्टीन में कभी लाइब्रेरी में, मीनल को यूँ तो किताबों का कोई खास शौक नहीं था पर कभी-कभी मोटिवेशनल सेक्शन में से कोई भी किताब उठा लाती और फिर वहीं बैठ कर उनकी कुछ लाइनें अपनी डायरी में नोट करती। जबकि मैं अपने कोर्स के अलावा भी अलग अलग किताबें में मगन रहता था। मीनल को मिलकर कोई ये नहीं कह सकता था कि ये अल्हड़ सी लड़की ऐसे सीरियस किताबें पढती

होगी। वैसे भी उसमें अलग सा आकर्षण था जिसमें कोई भी खिंच सा जाता था।

ऐसे ही एक रोज़ हम लाइब्रेरी के बाहर मिले तो उसने कहा, "अरे, किसके साथ बिज़ी हो आजकल दिखते ही नहीं तुम?"
"अरे कुछ नहीं, अपनी तो डेटिंग भी बुक्स के साथ ही होती है। तुम बताओ आज बाहर कैसे?" "क्या बताऊँ यार अपना तो ब्रेकअप हो गया है। गम मिटाने को कोल्ड ड्रिंक और समोसे खाने जा रहें हैं। तुम्हें चलना है तो बताओ?" मीनल ने बच्चों की जैसी शरारती आवाज़ में बोला तो सुनकर हँसी आ गई।

"वाह तरीका तो धांसू है, चलो तब साथ में कोल्ड ड्रिंक के पेग बनाते हैं।"
यूँ तो मन अपना भी नहीं था उस दिन पढ़ने का, पर सेमेस्टर ब्रेक के वजह से एक तो लगभग खाली हॉस्टल में मन नहीं लग रहा था, ऊपर से मेस भी बन्द होने की वजह से भूख भी लग रही थी। हॉस्टल में रहने वाले लोगों के लिए कैन्टीन और नज़दीक वाले ढाबे किसी स्वर्ग से कम नहीं होते। किसी दिन अगर आपके मनपसंद का खाना ना बना हो, या फिर सस्ते में किसी को ट्रीट देनी हो, हम फक्कड़ो के लिए सबसे सस्ता, मजबूत और टिकाऊ विकल्प यही रहता था। कालेज स्टूडेंट्स के लिए डेटिंग करनी हो या किसी टॉपिक पर ब्रेनस्ट्रामिंग करना हो, ये सबसे मनपसंद जगह होती है। हम दोनों भी अपने ऑर्डर दे कर एक टेबल पर बैठ गए। कुछ देर इधर उधर की बात के बाद मैंने पूछा, "हाँ तो कैसे टूटा?"
"क्या?"

"अरे तुम्हारे दिल की बात कर रहे हैं। किसके गम में डूबा हुआ है?"

"अरे था एक, जनाब को कहीं और दिल लगाना था, तो हमने उसे आज़ाद कर दिया। वैसे बात को दो साल बीत चुके हैं।" मीनल ने यूँ तो ये बात बहुत आसानी से कह दी थी।

पर उसकी उस वक्त की फीकी हँसी ने बिना कुछ कहे ही बहुत कुछ कह दिया था। जो हँसी एक जीवंत ऊर्जा से भरी रहती थी उसमें आज रेगिस्तान जैसी तपिश थी। वाकई में हम वैसे तो कई लोगों से मिलते हैं पर प्यार हर किसी के लिए नहीं आ पाता है। उसका अलग ही आकर्षण होता है।

"तो उसका गम आज क्यों मनाया जा रहा है?" मैंनें बिना कुछ सोचे ही बोल दिया।
"अरे कुछ नहीं यार, कोई गम वम नहीं है। मेरे लाइफ का वो फेज बहुत पहले निकल चुका है। वैसे भी हम किसी से प्यार तो कर सकते हैं उसे अपने पास जबरन रोक तो नहीं सकते।"

उसने प्यार की ये बात बहुत ही सहजता से बता दी जबकि हम सारी उम्र इसी कस्मकश में रह कर रिश्तों में उलझे रहते हैं। उस रोज़ पहली बार लगा कि प्यार बस नाम के लिए नहीं होना चाहिए। बल्कि दिल से निकलना चाहिए किसी के लिए। पता नहीं क्यों मुझे उस दिन मीनल के लिए अलग सा कुछ लगा।

ये क्या है अभी ये सोच ही रहा था कि, मीनल ने पूछा, "अमित आगे का क्या करना है तुम्हें?"
"कुछ नहीं एम. बी. ए. करके किसी एम. एन. सी. जॉब करके पहले पैसे कमाना है और फिर अपना एक कैफे खोलना है। तुमने क्या सोचा है? "

"मेरा क्या है अपने फैमिली बिजनेस में ही जुड़ना है। वो तो अपनी ज़िद की वजह से फाइन आर्ट्स एण्ड स्कल्पचर में डिप्लोमा कोर्स

कर रही हूँ। पर अमित तुम अपना कैफे जरूर खोलना क्योंकि ये काम तुम्हारा अपना होगा और अपना काम अपना ही होता है जिसे हम अपने बच्चों की तरह देखभाल करते हैं। ये अपने उस सपने की तरह है जिसे हम जी पाते हैं और बहुत कम लोगों को अपने सपने जीने को मिलते हैं।"

वो कुछ और कहती पर तभी उसका मोबाइल बज उठा और फिर वो एकाएक जरूरी काम है कह कर चली गई।

उसके कुछ दिन बाद प्लेसमेंट होने शुरू हो गए और मुझे भी एक अच्छी कंपनी का ऑफर मिल गया। इतना था कि मैं अपने कैरियर की शुरुआत अच्छे से कर सकता था। सब कुछ सही चल रहा था पर इन सब में जो नहीं था वो था मीनल का साथ। तब से उसका न कोई कॉल आया था और न ही वो कहीं दिखाई दे रही थी। पता नहीं क्यों मुझे उसका ऐसे गायब हो जाना अखर रहा था।

हम कब किसी के इतने करीब हो जाते हैं कि उनसे कुछ दिन भी दूर होना अच्छा नहीं लगता है, पता ही नहीं चलता। मीनल से बहुत दिनों तक कोई भी कॉन्टैक्ट नहीं हो पाया था। और इतने दिन में एक अलग सी बेचैनी रहती थी, ये क्या था अभी तक समझ ही रहा था कि एक दिन कैन्टीन में जय ने बताया कि मीनल ने कॉलेज छोड़ दिया है और क्योंकि उसके परिवार में बिजनेस का बंटवारा हो गया है जिसकी वजह से वो दूसरे शहर में शिफ्ट हो गई है।

ये बात सुनकर लगा कि जैसे किसी अपने को हमेशा के लिए खो दिया है। मैं वहां से निकल कर अपने रूम में आ गया और पता नहीं क्यों उसके साथ बिताए हुए हर पल एक फिल्म की तरह सामने से गुजर जा रहे थे। उसका हँसना-हँसाना, उसकी बातें सब कुछ। हमें पता भी नहीं चलता कि हम जिसके साथ आज अभी हैं कल भी रहेंगे या नहीं। और जब तक पता चलता है तब तक वो हमसे बहुत दूर

जा चुका होता है। उस दिन लगा कि जब किसी का साथ इतना भा जाता है तो इसे ही कहते हैं 'पहले प्यार की वो दस्तक....'

(आज इस बात को चार साल हो चुके हैं। मीनल अब अपने बिजनेस को बहुत आगे बढ़ा चुकी है और अक्सर उसकी ख़बर अख़बारों से पता चलती रहती है। मैं अब अपने सपने को अगले महीने साकार करने जा रहा हूँ, मेरा कैफे बन चुका है और उसकी ओपनिंग है। जय एक प्रख्यात फैशन फोटोग्राफर बन चुका है और उसे आज भी इन सब के बारे में कुछ भी नहीं पता है।)

Bharti Baid

भारती सूरत से है। उनकी ग्रेजुएशन पूरी हो गयी है और अभी CS की पढाई कर रही है। भारती को किताबें पढ़ना बहुत पसंद है। उन्हे नई मूवीज और वेब सीरीज भी देखना अच्छा लगता है। कविताए और शायरी लिखना भारती की एक हॉबी है और वो इस क्षेत्र में और आगे बढ़ना चाहती है। वह ब्ल‍ॉगिं भी शुरू करना चाहती है। उनका मान ना है के अगर एक भी इंसान उनके शब्दों से प्रेरित होता है तो उनका लिखना सफल है।

वो रिश्ते।

कल तक थे जो खिले फूलों की तरह
आज सूखे पत्तो से हो गए है,
हवाओं ने रुख कुछ ऐसा बदला,
की वो रिश्ते, सिर्फ नाम के रह गए है।

कल तक जिनकी जान थे हम,
आज वो अनजान हो गए है,
फासले कुछ इस कदर बढ़े,
की वो रिश्ते, सिर्फ नाम के रह गए है।

साथ रहने के जो वादे किए थे,
वो वादे कहीं यादों में खो गए है,
धूल यू पड़ी तस्वीरों पे,
की वो रिश्ते, सिर्फ नाम के रह गए है।

दर्द महज मोहब्बत ही नहीं देती,
हम तो दोस्ती में भी बर्बाद हुए है,
यारियां टूटी कुछ इस तरह,
की वो रिश्ते, सिर्फ नाम के ही रह गए है।

सुकून मिलता है तुम्हे सोच कर

इस दिल में दबे कोई राज़ हो तुम,
मेरी धड़कन की आवाज़ हो तुम,
मेरी रूह की चाह हो तुम,
इस मुसाफिर की भटकी राह हो तुम,
पता नहीं क्या हक है तुम पर ?
पर सुकून मिलता है तुम्हे सोच कर।

घने काले अंधेरे में मेरा दीप हो तुम,
समंदर की गहराइयों में छुपे सीप हो तुम,
इस बेचैन सी दुनिया में मेरा चैन हो तुम,
पल पल यादों में गुजरती मेरी रैन तुम,
ये कैसा असर है तुमसे मिलकर ?
पर सुकून मिलता है तुम्हे सोच कर।

अब तक तो सिर्फ मेरे ख्वाबों में थे तुम,
अब तो मेरी आंखो में भी तुम झलकते हो,
कल तक तो मेरी किताबो में थे तुम,
आज मेरे होठों पर भी तुम ही ठहरते हो,
इसे क्या नाम दू? ये कैसा नशा है मुझ पर ?
पर सुकून मिलता है तुम्हे सोच कर।

तुमसे मिलना बातें करना अच्छा लगता है,
तुमसे रिश्ता बहुत सच्चा लगता है,
मेरी हर दुआ में शामिल हो तुम,
अगर ये प्यार है, तो ये प्यार है सिर्फ तुम पर क्यों कि सुकून मिलता
है तुम्हे सोच कर।

Bn Shukla

बी एन शुक्ला सतना जिले के धार्मिक नगरी मैहर में ब्राह्मण घराने में जन्मे इन्होने कई उपन्यासो में काम किया हैं और ये औदे से रिलायंस कंपनी में असिस्टेंट मैनेजर के पद में कार्यरत हैं इनको लिखना और पढ़ना दोनों बहुत पसंद हैं दूसरो का लिखा हुआ बहुत ही ज्यादा पढ़ना पसंद हैं और इन्हे अपनी आत्मकथा लिखने का बहुत शौक हैं ।

ट्रूटना बहुत जरूरी है।

तो टूटना बहुत जरूरी है.. जीवन में अगर तुमने कुछ खोया नहीं है तो जीवन जीने का जो सलीका हैं वो कभी नहीं सिख पाओगे।

आगे बढ़ना हैं तो टूटना जरूरी है

कुछ अलग करना है तो बिखरना जरूरी है

कुछ चीजे -यादें या कुछ भी उनका टूटना या बिखरना ही बेहतर हैं इससे आने वाले कल के आगाज का पता चलता है जैसे -एक पंछी का इस पृथ्वी पे आने का जो आगाज होता है तो उससे पहले भी उसे टूटना होता है उसके अंडे का वहा भी किसी अंडे का टूटना जरूरी है वरना वो इस दुनिया में कभी आ नहीं सकता है

जितने वाले इंसान का कहाँ पता होता है हारने का गम -दर्द वो अपनी ही अलग दुनिया जीता है हमेशा जितने वाला ज़ब भी टूटता हैं तो बिखर जाता है फिर उसका संभलना मुमकिन ही नहीं ना-मुमकिन होता है और हारा हुआ इंसान ज़ब सम्भलता है तो उसको रोक पाना भी नामुमकिन है स्वयं ईश्वर कि कृपा मान सकते है ईश्वर खुद साथ खड़े होते है साथ चलते है और उसे दुनिया का एक बेहतरीन खिलाडी साबित करते है

तो टूटना हारना बेहद जरूरी है जीवन में... जीवन में संघर्ष बहुत जरूरी है और टूटना तो बेहद ही अपनों का पता चलता है कौन अपना है कौन पराया..

"नामुमकिन न था, ख़तम करना दूरियां-दरमियाँ हमारे, आकर मंजिल पर तय कर न सके कदम चंद फ़ासले!!"

जैसा कि हम जानते है कि ज़ब हम सभी बड़े लोगों के संघर्ष को देखते है तो उनके पीछे का जो दर्द होता है वो हमें पता नहीं होता है असल में उन्होने अपने में जीवन में बहुत कुछ खोया हुआ होता है तब जाकर वो इस मुकाम में पहुंच पाये है।

तो उन्होंने भी खोया है कुछ न कुछ तो टूटना जरूरी है अगर सूरज कि तरह चमकना है तो.... संघर्ष ही जीवन है!! जीवन संघर्ष का ही दूसरा नाम है। इस सृष्टि में छोटे से छोटे प्राणी से लेकर बड़े से बड़े

प्राणी तक, सभी किसी न किसी रूप से संघर्षरत है। जो इन संघर्षों का सामना करने से कतराते है।

वे जीवन से भी हार जाते है,जीवन भी उनका साथ नहीं देता है।

संघर्ष का दूसरा नाम है - जीवन ये एक प्रकार से पर्यायवाची है और एक-दूसरे के पूरक भी जीना तो उसी का नाम है जिसने जीवन के सूत्र को समझ लिया भयंकर से भयंकर और विपरीत स्थिति पर विजय पाने का एक ही रास्ता है पुरे आत्मविश्वास के साथ बाधा-विरोधों से जूझ जाना, संघर्ष करना जो संघर्ष से बचकर चले, वह कायर होते है। संसार रूपी सागर कि ऊँची-उफ़नाती लहरों को जिसने चुनौती देना सीखा है।

सफलता कि अनुपम मणियाँ उसी ने बटोरी हैं... जो डर कर बैठ जाते है वह हमेंशा हार के दावे में रहते है..।

एक कवि के शब्दों में..... कुछ यूँ कि..

"ज़ब नाव जल में छोड़ दी, तूफान में ही मोड़ दी.. दे दी चुनौती सिंधु को, तो पार क्या, मझधार क्या" ???

जिसमे अपने उसूलो पर अटल रहने कि दृढ़ता हैं.. जिसका संकल्प सच्चा है वही जीवन के संघर्ष में विजयी होता है

वस्तुतः-उसी मनुष्य का जीवन सफल होता है.. मेरा मानना भी यही है कि टूटना बहुत जरूरी है अगर आगे बढ़ना है तो..

खुद कि तलाश में रहना जरूरी है..!!

मै खुद कि तलाश में हूँ..

खो चूका मै अब तक जीवन में सब कुछ फिर से उसे अपना बनाने की आश में हूँ

हाँ मै खुद से खुद की तलाश में हूँ

सीखा है मैंने उगते सूरज से की उसका ढलना भी जरूरी है

जीवन में ग़र कुछ बनना हैं तो सवरने से पहले टूटना भी जरूरी है

हाँ मै खुद से खुद की तलाश में हूँ मुझे यूँ ही आगे चलते जाना है..

मेरा रुकना मना है,मेरा झुकना मना हैं

क्यूंकि मै खुद से खुद की तलाश में हूं

ये एक दिन सब को बताना हैं

Khushi Pandey

यह खुशी पांडेय हैं। वे कानपुर U.P से है। वे अपने बड़े नानू और अपने दादा जी की तरह बनना चाहती हैं। इनके बड़े नानू स्वः श्री आचार्य शंकर शुक्ल एक महान राइटर थे, उन्होंने काफी किताबें (हिन्दी साहित्य का इतिहास, केशव की काव्या कला) लिखी जो आज भी यूनिवर्सिटी मे पढ़ी जाती है।और इनके दादा जी स्वः श्री पं गुरु नारायण पांडे जो एक बहुत ही विद्वान पंडित थे। इन्हे अपने दोनों गुरु जनों का नाम आगे लेकर जाना है। इन्हे बचपन से ही लिखने का शौक़ था।

खुशी की माँ (श्रीमती रीता पांडे जी) ने हमेशा इनका साथ दिया और उन्होंने ही इन्हे इनके शब्दों का सही तरीके से, सही जगह पर उपयोग करना सिखाया। वे अपनी लाइफ में कुछ बनकर अपने तीनों गुरुओं को एक भेट देना चाहती हैं।

Insta id- @___s_h_a_d_o_w__9

(1)

एक दास्तां कुछ ऐसी है,
लोग कहते हैं वो मोहब्बत जैसी है ।

ये दास्तां कुछ ऐसी है,
लोग कहते हैं वो मोहब्बत जैसी है,
मैंने तो अपनी जिंदगी पायी है उसमे
वो लड़की कुछ ऐसी है
ये दास्तां कुछ ऐसी है ।

वो कॉलेज का दिन और लंबी सी लाइन
वो खड़ी मेरे आगे और मेरा नंबर नाइन,
वो पहली मुलाकात की बात है,
वो मेरी जिंदगी की शुरुआत है,
ना कोई उसके जैसी..
वो लड़की कुछ ऐसी है ।
ये दास्तां कुछ ऐसी है,
लोग कहते हैं वो मोहब्बत जैसी है ।

सुनो मैं तुमसे कुछ कहना चाहता हूं।

सुनो मैं तुमसे कुछ कहना चाहता हूं
आज मेरी एक रिपोर्ट आयी
डॉ. ने मुझे मेरी जिंदगी के कुछ पल जीने को कहे है
मैं ये पल तुम्हारे साथ जीना चाहता हूं,
सुनो मैं तुमसे कुछ कहना चाहता हूं.. ।

हाँ जानता हूं मेरा प्यार इक तरफा ही रहा,
पर मैं आज भी सिर्फ़ तुम्हें चाहता हूं,
सुनो मैं तुमसे कुछ कहना चाहता हूं।

मैं खुदा से लड़ता रहा कि क्यूँ तूने उसे मेरा नहीं बनाया,
मैं करता रहा शिकायत खुद से क्यूँ तूने खुद को इतना कमजोर बनाया,

सुनो मैं तुम्हारे साथ रहना चाहता हूं
खुद को तुझमे पाना चाहता हूं,
मैं दुनिया को भूल के तुझमे खो जाना चाहता हूँ,
सुनो मैं तुमसे कुछ कहना चाहता हूं।

Kunal Sareen

कुणाल इसे एक दैवीय इच्छा कहते हैं, यह स्वीकार करते हुए कि जीवन के विचित्र वर्णक्रम को व्यक्त करते हुए, अपने विचारों को प्रस्तुत करना उनके लिए कितना अपरिहार्य और सम्मोहक है। यह अजीब लग सकता है, एक व्यक्ति जो उच्च अवरोध स्तरों को धारण करने का दावा करता है, वह जीवन के बारे में इतना शानदार ढंग से लिखता है। सिनेमा उनकी सबसे बड़ी प्रेरणा साबित हुआ। किसी की आत्मा को गहराई से उत्तेजित करने को, वह लेखन के पीछे अपने समग्र उत्साह का श्रेय देते है।
Insta handle - @_tender_hooks_

ढलती काया

परसों रात के 11:30 बज रहे होंगे। मैं घर पर अकेला ही था। सभी काम निपटा कर सोने के लिए गया तो अचानक एक अलग सी आवाज़ सुनाई दी। कुछ देर बाद काफी हिम्मत जुटा कर, घर की छत की ओर गया, देखा तो दो खिड़कियां आपस में टकरा रहीं थी। ना जाने क्यों, पर मैं कुछ देर के लिए उस खिड़की पर ठहर गया, शायद दिन की रोशनी से ज्यादा खूबसूरत ये रात का अंधेरा लग रहा था। दिन की रोशनी चाहे कितनी ही सुंदर हो, पर उसे देख मुझे कभी अपना सा नहीं लगा, जैसे कोई अस्थिर या गायब हो जाने वाली वस्तु हो । रात का आसमान जैसे शांति और सच्चाई का प्रतीक लगता है। रात के आसमान में, मानो एक खीचाव है, जो हमें अपने जस्बाद और सच्चाईओं को बयान करने की आज़ादी देता है, जो दिन के उजाले में वापस किसी कौन मैं छिप जाते हैं।

देर रात आसमान को देखते वक्त लगा, जैसे वाकई में जिंदगी की कुछ सच्चाइयाँ, कुछ जस्बाद, तन के उन अंगों की तरह होते हैं, जो हमेशा भारी कपड़ों की सतह तले दबे रहते हैं। एक ऐसी सामाजिक सतह, जो हमें कभी बंदिशों का एहसास नहीं कराती या शायद हमारे जीवन का कभी न अलग होने वाला हिस्सा बन जाती है।

दिन का उजाला भले ही एहसासों को उजागर करता हो, पर जरूरी तो नहीं की उसकी रोशनी कण-कण तक पहुंचे, जहाँ अंधेरे का प्रकोप पहले से ही पाया जा सकता है। हमारी जिंदगी शायद रेलगाड़ी की तरह होती है जो अलग-अलग रास्तों, गुफाओं और स्टेशनों की अमिट छाप लिए चलती रहती है। कभी तो उर्दू की नज़म या ग़ज़ल की तरह गहरी और कई भाव अपने में समेटे हुए और कभी उसी ग़ज़ल के अर्थ के समान नाजुक और उलझन भरी।
उस रात मुझे लगा शायद हर कोई अपने भीतर अपने कुछ जस्बाद, अपना किरदार और इच्छाएं दबाए बैठा है। मेरे ख्याल में हम इंसानों की पूरी जिंदगी शायद अपने और दूसरों के बीच, इस फासले को तय

करने में बीत जाती है, उन चीजों को सोचने में गुज़र जाती है, जो हम कभी व्यक्त ही नहीं का पाते।

काला गहरा आसमान देखकर ऐसा लगा मानो, इबादत भी इसी का नाम है, अपने इन छुपे एहसासों और जस्बादों में खुद को उलझाए रखना। शायद यही छुपे जस्बाद और इच्छाएं, हर किसी को एक-दूसरे से जुदा करती हैं, इंसान को वो बनाती हैं, जो वो है।

अगर इस काले आसमान में मुझे अपने वो सभी एहसास और सच, साफ़ नज़र आते हैं, तो ऐसी कौन सी चीज़ है, जो इस अंधेरे को इतना आज़ाद बनाती है और दिन के उजाले में गायब हो जाती है। जैसे-जैसे दिन का उजाला नज़दीक आता है, और ये अँधेरा कहीं खोने लगता है, ऐसा लगता है मैं खुद से बेगाना हो गया हूँ, इस नई रोशनी को खुद में समेटने की कठोर कोशिश में उस गहरे, सच्चे अंधेरे को यानि खुद को भुलाना पड़ता है।

उस रात मानो जैसे-जैसे मैं खुद के अंतर में उतरता गया, बाहर का सब बेगाना होता गया, खुद के साथ शायद कभी इतना वक्त बिताया ही नहीं था, इन दबे एहसास और जस्बादों की तरफ पहले कभी मेरी तवज्जो गयी ही नहीं थी। दिन की रोशनी में ऐसा लगता है, जैसे वो सभी छुपे एहसास और इच्छाएं एक काले अंधेरे साय के समान मुझसे जुड़े रहते हैं, जो हर वक़्त मेरे साथ एक अटूट सा रिश्ता बनाए रखना चाहते है।

मुझे ऐसा लगा, जैसे किसी और के अंतर मन में उतर पाना, मेरी काबिलियत के परे है, शायद मैं किसी और के दबे एहसास और किरदार को समझने में हमेशा असमर्थ साबित होता हूँ। यह उस रात खिड़की पर इतनी देर ठहरने का एक ठोस कारण भी हो सकता है, जो मुझे रात का काला आसमान अपनी ओर इतना आकर्षित करता है।

Nakshatra Mala Dash

यह है नक्षत्र माला दास, एक ऐसी लड़की जिसकी आंखें सपनों और आशाओं से भरी हैं। वह कुछ संकलनों में सह-लेखक रही हैं। उनका शौक लिखने का है, साथ ही उन्हें खाना बनाने का भी शौक है। इन्होंने एक ई-बुक भी लिखी है (**At last you are mine**) जो प्रकाशित हो चुकी है और अमेज़न पर भी उपलब्ध है। इनके बारे में और जानने के लिए इनको इंस्टाग्राम को फॉलो करें:

Insta id - @nakshhuu_

अजीब सी एक दास्तान।

अजीब सी एक दास्तान जुड़ने लगी है उससे, जिसे मोहबत नहीं है हमसे।

क्या करें यह कम्बक्त इश्क है जनाब, इससे ना रोका जा सकता है, ना ही संभाला जा सकता है।

मजबूर कर देता है यह हर आशिक को अपनी गली में आने के लिए, जहां से वापस आने का कोई रास्ता नहीं।

अजीब सी चाहत होने लगी है उससे, पर बताया नहीं जाता, क्योंकि उसके होंठ ऐतबार करने से मना कर देते हैं, और हमारा प्यार लब्ज़ों से कहां नही जाता।

अजीब सी एक दास्तान जुड़ने लगी है उससे, जिससे मोहबत नही है हमसे।

Pratik Premraj Bhala

प्रतिक प्रेमराजजी भाला यह राष्ट्रवादी विचारों के कवि है.शब्दों का सफरनामा इस पुरस्कार प्राप्त काव्य पुस्तक के लेखक है . प्रतीक 100 से भी अधिक पुस्तकों में सह लेखक हैं. इनका साहित्य कई अंतरराष्ट्रीय राष्ट्रीय पत्रिकायें और अखबारों में प्रकाशित हो चुका है. इन्होंने अपनी कलम का ब्रीदवाक्य रखा है CREATING THE WORLD OF WORDS. इनकी आयु 20 वर्ष है और यह लेखक के साथ गीतकार और प्रसिद्ध लेखक समूह के सदस्य भी हैं. इनसे संपर्क करने हेतु आप इन्हें ईमेल कर सकते हैं.
writespratik@gmail.com

आज की युवा पीढ़ी और संस्कृति

हमारी संस्कृति और हमारी सभ्यता मतलब हमारी पहचान. अगर संस्कृति बची तो हमारी पहचान बचेगी. अगर हमारी संस्कृति को बचाना है तो सबसे ज्यादा जरूरी है हमारी युवा पीढ़ी को हमारी सभ्यता के साथ जोड़ना. हमारी संस्कृति अगर आज हमें पता चल रही है इसका श्रेया हमारे पिताजी दादाजी इन्हें जाता है क्योंकि इनसे पीढ़ी दर पीढ़ी इस संस्कृति का बखान हम लोगों तक पहुंचा है. अगर संस्कृति ही नहीं बचेगी तो कैसे हमारी समृद्धि विरासत को आने वाली भावी पीढ़ी को बताएंगे. बहुत से लोग कहते हैं कि युवा पीढ़ी संस्कृति से दूर होती जा रही है. जो कि एक सत्य बात है कि आज की युवा पीढ़ी हमारी सभ्यता से क्यों दूर जा रहे हैं इसका सबसे बड़ा कारण है कि हम उन्हें हमारी समृद्ध विरासत को उन्हें अच्छे से नहीं समझा पाए. जितना दोष युवा पीढ़ी का है उससे ज्यादा दोष उस युवा के माता-पिता का है. अगर कोई माता-पिता यह कहता है कि उनका बेटा या बेटी संस्कृति का पालन नहीं करते उन्हें सभ्यता के बारे में पता नहीं है तो मैं इसका जिम्मेदार उसके बेटे या बेटी को नहीं उस मां-बाप को ठहराऊंगा. अगर हम ही हमारे समृद्ध संस्कृति को युवा पीढ़ी को नहीं बताएंगे तो किस तरीके से युवा पीढ़ी को उस विषय में रस आएगा. हर मर्ज की जिस तरीके से दवा होती है वैसे ही आपको हमारी पुरातन संस्कृति को आज के भाषा में आज की युवा पीढ़ी को समझाना होगा. उन्हें जबरदस्ती नहीं उन्हें अच्छा लगे उस रास्ते से उन्हें समझाओ. आज की युवा पीढ़ी विज्ञान के तर्कों को ज्यादा मानती हैं तो उन्हें हमारे पुरातन ज्ञान को विज्ञान के आधार पर तोल कर समझा कर बताइये. जिस भाषा में जिस रूप में उन्हें हमारी संस्कृति जाननी है उस भाषा में उस रूप में आप उन्हें बताएंगे तो वह जरूर सुनेंगे. लेकिन माता-पिता की तकलीफ यह होती है कि वह उन युवाओं पर अपनी पुरातन संस्कृति को थोपना चाहते हैं जिसके कारण संस्कृति के खिलाफ युवाओं में द्वेष भावनाएं फैलती है अंधविश्वास के नाम पर वह युवा संस्कृति से तुटता जाता है. अगर

कोई युवा साहित्य का शौकीन है तो उसे साहित्य के भाषा में समझाइए अगर कोई युवा गाने का शौकीन है तो उसे गाने के रूप में आपको समृद्ध संस्कृति को समझाना चाहिए.

आज की युवा पीढ़ी को स्मार्ट जनरेशन कहा जाता है तो आप लोग भी उन्हें स्मार्ट बनकर स्मार्ट तरीके से बताइये. अगर युवा इसी तरीके से हमारी संस्कृति से टूटते रहे तो एक दिन ऐसा आएगा कि हमारी संस्कृति विलुप्त हो जाएगी हमारी भाषा विलुप्त हो जाएगी और हमारी सदियों पुरानी पहचान भी विलुप्त हो जाएगी. हमारे पुरातन ज्ञान को आज के शिक्षा प्रणाली को सामंजस्य रख हमें युवाओं को अवगत कराना है. वृद्धजनों की सेवा करना यह हमारी संस्कृति और धर्म में बताया गया है, लेकिन वही इंसान अपने घमंड के कारण अपने वृद्ध माता-पिता को वृद्ध आश्रम में डाल देता है इसमें गलती सबसे ज्यादा उन माता-पिता की है. क्योंकि वह अपने संस्कृति को अपने बेटे बेटी को ठीक से अवगत नहीं करा पाया.

Purnima

यह पूर्णिमा है। वे लाईब्रेरी विज्ञान की छात्रा है। इन्हें बचपन से कविताए लिखने मे रुचि रखते है। यह इन्हें सुनहरा मौका मिला तो यह अवसर वे गवाना नहीं चाहती। इस कार्य को पुरा तभी कर सकती थी, जब वे अपने पति जी के सहयोग से उन्हें हौसला मिला की वे कवियत्री, लेखिका बन सकती है। एक कोशिश इन्हें करनी चाहिए।

तेरी मेरी दोस्ती की दास्ताँ

"तेरी मेरी दोस्ती की दास्ताँ,
कहाँ से मैं शुरू करू।
तेरा मिलना मुझे कॉलेज के पहले दिन,
और जान पहचान न होने के कारण
दोनो ने अंदेखा किया एक दूजे को।"

"कुछ मुश्किले आई हमारी जिंदगी मे,
जिसमे हम दोस्त बन गए,
बहुत खुशनसीबी से।"

"मुझे नही पता था की,
तु बंगाल की रानी और
मै पहाड़ों की शहजादी"

"कुदरत ने चाहि हमारी दोस्ती,
तो बन गए हम एक दूजे के हमराही। "

"एक दूजे के घर जाना,
एक दूजे को खूब सताना,
फिर अपनी अपनी माँ से
एक दूसरे की शिकायत करना"

"तेरी मेरी दोस्ती की दास्ताँ
कहा से शुरू करू। "

"कैसे गुजर गए वो पल

पता ही ना चला,
तेरी मेरी दोस्ती की दास्ताँ
कहा से शुरू करू।"

"फिर आया एक दिन मेरी विदाई का,
जिसका उसको था बड़ा इंतज़ार,
खूब हसी, गायी, मुस्कुराई,
और सबने मिलकर धूम मचाई,
और अंतिम पल मे वैसे ही खूब आँसू बहाई।"

"बहुत मजबूत है, तेरी मेरी दोस्ती की दास्ताँ,
ऐसे बहुत लम्हें जीने बाकी हैं तेरे साथ,
ऐसे ही नहीं छोड़ूंगी तेरा यह साथ।"

"तेरी मेरी दोस्ती की दास्ताँ
कहा से शुरू करू। "

Ratnesh Kumar

रत्नेश कुमार, रायबरेली (उ.प्र.)
कार्य - शिक्षक और अनौपचारिक लेखक के रूप में।

Insta.id- "mr.instaa93"
 Nojoto id- "Ratnesh kr."

इश्क़

ये दुनिया? हाँ बेचारी बहुत है।
दर्द-ए-इश्क़ की मारी बहुत है।
तेरी डीपी जो अक्सर देखते हैं,
बताते सब हैं तू प्यारी बहुत है।
गर मिलकर बिछड़ना इश्क़ है तो,
मेरे ज़ेहन में मक्कारी बहुत है।।

कोविड का दौर

क्या हुआ था शहर में बताता नहीं कोई।
बस गाँव से शहर अब आता नहीं कोई।
कोविड के दौर से अब नुक़सान ये हुआ,
घर चाय पीने अपने बुलाता नहीं कोई।
जबसे पता चला है थोड़ा ज्योतिषी हूँ मैं,
अपना भी हाथ मुझे दिखाता नहीं कोई।
हाँ मोबाइलों के दौर में अफ़सोस ये रहा,
मुझसे यहाँ पे ख़त लिखाता नहीं कोई।।

Sakshi Dane

ये साक्षी है|
साक्षी अभी अपनी डिग्री पुरी करेगी!
साक्षी को कथा,कविताये लिखना पसंद है |
साक्षी बचपन से कथा लिखते आ रही है!
साक्षी को लिखना पसंद है!

तुम्हारी यादे

आज तुम्हें जाकर कुछ 2 महीने हुए होंगे. क्या फर्क पड़ता है? दर्द तो आज भी कम नहीं हुआ है. यादें तो आज भी ताजा है. ऐसा लगता है मानो कल ही तुम्हारा वह उतावला चेहरा देखा था जब मैं तुम्हें घूमने ले जाने आता था. आज जब तुम्हारे दरवाजे पर आ खड़ा होता हूं, तो तुम्हारा वह खाली घर देख याद आता है कि शायद मैंने जो खोया है वह मुझे वापस फिर कभी नहीं मिलेगा.

वह दिन याद है तुम्हें, जब तुम बीमार थी और मुझे डॉक्टर बोल कर गया था," अब 9 साल की हो चुकी है, इनकी नस्ल के हिसाब से अब बूढ़ी हो चुकी है.." वह कह तो नहीं पाया लेकिन उसके चेहरे ने सब बयां कर दिया. जिस सत्य को मैं टालता आया था, वह आज हिसाब चुकता करने आ चुका था. इस सदमे में मैं जब तुम्हारे पास आ बैठा, तो पता नहीं कैसे तुम्हें सब समझ गया. तुम मेरे पास आई और हमेशा की तरह अपने पंजे से मेरा हाथ मांगने लगी. तब से जो यह बांध फूटा है ना, आज भी उस से पानी बहता चला जा रहा है. बालकनी से आती दोपहर की धूप में जब हम दोनों साथ बैठे थे, तब न जाने कैसे और कहां से एक तितली मेरे सामने आ बैठी. बिना सोचे मैंने अपना हाथ बढ़ाया और गजब हो गया. वह तितली मेरी उंगलियों पर खुद आ बैठी. हम तीनों उस धूप में कितनी देर बैठे यह तो मुझे याद नहीं, लेकिन उस दिन के मौन को मैं आज भी नहीं भूला हूं. सब कुछ बदल चुका था.

उस दिन के बाद तुम्हारी हालत बिगड़ती चली गई. दर्द बयां तो नहीं कर सकती थी तुम, लेकिन डॉक्टर ने जब बोला कि इसका WBC count 94,000 है और normal WBC 16,000 के आस पास होता है, तब तुम्हारी मरणप्राय यातनाओ का अंदाजा आया. ऑपरेशन की तारीख तय हुई. अब भी उम्मीद थी.

उस रात तुम्हें खिलाकर, दवाइयां देकर, तुम्हें सहलाकर जब मैं सोने आया; तब पता नहीं क्यों फिर तुम्हारे पास आना लगा. मेरे आते ही तुम हमेशा की तरह खुश होकर मेरे पास आ गई. यह बात मेरे दिल को छू गई, क्योंकि पिछले कुछ दिनों से बीमारी के कारण तुम्हारा चलना-फिरना-खाना-पीना लगभग बंद हो चुका था. मैंने तुम्हारा प्यारा चेहरा अपने हाथों में लिया और कहा," कल तुम्हारा ऑपरेशन है. उसके बाद सब ठीक हो जाएगा! फिर हम हमेशा की तरह रोज सुबह घूमेंगे,खेलेंगे और मजे करेंगे!" तुम भी सब समझ कर अपनी पूछ हिलाते हुए खुशी जताती रही. तुम्हारी आंखों में आंखें डाल मैं कुछ पल वैसे ही बैठा रहा, फिर चल दिया. मेरे पूरे जीवन में देखी सबसे प्यारी आंखें थी वो. अगली सुबह लगभग 6:30 बजे मेरी नींद खुली. पता नहीं क्यों. सच कहता हूं, कुछ महसूस हुआ. थकान की वजह से फिर सो गया. बाद में जब मां रोती हुई मुझे उठाने आई तो समझ गया कि....

रूमी ने कहा था कि सही और गलत के पार एक मैदान है, जहां हम सब कभी ना कभी जरूर मिलेंगे. मुझे लगता है तुम ऐसे मैदान में हो जहां हमें प्यार करने वाले सभी अपना निर्वाण पाते हैं. वहां मृत्यु का बंधन नहीं है, बस ढेर सारा प्यार है. मुझे यकीन है, वहां तुम जरूर खुश रहोगी. मैं भी अब तुमसे, वहीं मिलूंगा.

Santosh Sabat

संतोष कुमार साबत, पेशे से इंजीनियर और शौक से शायर है। यह राउरकेला, ओडिशा के रहने वाले हैं। इन्हें शब्दों को लेखन में बदलने की प्रेरणा अपने जज़्बातों से मिली। संतोष हमेशा शायराना अंदाज़ में अपने भाव प्रकट करते हैं जिससे ज़्यादा से ज़्यादा लोग इनकी लेखनी को समझ सकें और जुड़ सकें।।

 Insta id - santoshsabat.99

(1)

जुबान पे अल्फाजों ने दस्तक देना बंद क्या कर दिया, आप समझे हम दर्द के लिए गैर हो गए।
सांस चल रही है तो ये ना समझना कि ज़िंदा हैं , तुम हो नहीं और हम जिंदगी के बगैर हो गए।।

आज काग़ज भी सवाल कर रहा है , क्या इश्क-ए- मिजाज़ कुछ खफा हैं मुझसे ।
आज फ़िज़ाओं के हालात भी आशिकाना महसूस हो चले हैं , बदले उनके इशारे हर दफा हैं मुझसे।

आज मुमकिन है भरी महफिल का बेबस होना, पर माफ़ करना, मेरा इश्क कहीं और खो गया है।
दुआ चांद के लिए करूंगा ज़रूर , इल्म उसे है नहीं, हर आशिक ही नही, खुद चांद भी आपके हुस्न का कायल हो गया है।।

कहीं भी छुपा लो किस्से हमारी मोहब्बत के, महफूज़ मैं होने ना दूँगा।
बेवफ़ा तेरी याद लेकर इतना मुस्करा लेंगे, तुझे अपनी नफ़रत मेहसूस मैं होने ना दूँगा   ।

(2)

ना जाने क्यूं मायूसि अब भी बरकरार है ।
बस कहने को खत्म हुआ, एक ज़माने का इन्तेज़ार है ।।

कभी लफ़्ज़ों से भी जज़्बात-ए-बयान ज़रूरी है जनाब ।
इश्क गवाह है , इस खामोशी ने ही तन्हा दिलों का मोहल्ला बनाया है। ।

काफ़ी वक़्त हो गया हमें , उनको याद कर बेबस होते हुए ।
शायद मेरे इश्क के जनाज़े का सफर शुरू हो रहा है ।।

मिन्नतें करते हैं रिहाई की , शिकायत भी नहीं करते ।
कैद कर रखा है दिल में अपने , और ज़मानत भी नहीं करते ।।

Sapna Sharma

सपना शर्मा पेशे से विज्ञान अध्यापिका हैं। वह पिछले 6 वर्षों से लेखन क्षेत्र में अपनी कला दिखा रही हैं और विश्वास करती है यह कला आने वाले युगों तक जारी रहेगी। पेशे ने उन्हें पढ़ाने के लिए मजबूर किया, जबकि जुनून ने उन्हें पत्रिकाओं से जोड़े रखा। वह कल्पना को वास्तविकता में बदलना पसंद करती है।इसके अलावा वह नई चीजों की खोज करना पसंद करती है क्योंकि वह विज्ञान पृष्ठभूमि से है। इन्होंने राष्ट्रीय और अंतर्राष्ट्रीय स्तर पर 15-20 संकलनों में भाग लिया है। सपना NGO के साथ भी काम कर रही हैं और गरीब छात्रों को पढ़ाती हैं।

जिंदगी की हकीकत

जिंदगी की हकीकत कुछ अजीब सी है ।
कुछ समझ जाते हैं ,कुछ संभल जाते हैं
कुछ खो जाते हैं ,कुछ खो दिए जाते हैं
कुछ को नसीब नहीं लम्हे खुशी के,
कुछ जिंदगी भर आंसू बहाते हैं ।

इस जिंदगी को जीना अगर इतना आसान होता,
तो ऊपर वाला भी शायद आज इंसान होता ।
कभी हंसाएगी इतना मानो जन्नत तुम्हीं ने देखी,
कभी रुलाएगी इतना कि गम सिर्फ तुम्हें मिले ।

हर अच्छा बुरा लम्हा एक बात सिखाएगा,
आज तू हंसा है कल बुरा समय भी आएगा ।
जमाना आज तुझ पर हंसा है बंदे,
कल तेरा समय उन्हें रुलाएगा ।

गिले-शिकवे हजार होंगे ।
रिश्ते प्यार इज्जत के तार-तार होंगे ।
समझ किसी पल तुझे जरूर आएगा,
कि किसी को तेरी खुशी से गम है
और किसी को तेरे गम से खुशी सी है

हकीकत यही है ! जिंदगी अजीब सी है ।

मुट्ठी में बांध अपने जज्बातों को रख,
अच्छा है बुरा है हर स्वाद चख ।

किसी भी इंसान से तू जरा उम्मीद ना रख,
कोई सीखेगा तुझसे, कोई सिखा कर जाएगा

शायद!कोई गम में तेरे पास तक नहीं आएगा ।

पता है क्यों? क्योंकि जिंदगी अजीब सी है ।

Shubham Vishnoi

यह शुभम विश्नोई हैं। ये धामपुर जिला बिजनौर (उत्तर प्रदेश) के निवासी हैं। इनको डायरी लिखना तथा सोशल मीडिया पर एक्टिव रहना बहुत पसंद हैं। वे ऑनलाइन पोएट्री कॉम्पिटिशन में भी भाग लेते रहते हैं। इनका लिखने का सफ़र कॉलेज टाइम से शुरू हुआ। यह अपने लेखन में अपनी यादों को लिखते रहते हैं। इनके लेखन पब्लिश भी हुए हैं।

इनका हमेशा से यहीं मानना हैं कि "जहाँ मेरी लिखावट छपेगी मैं उन पन्नों पर सदैव जीवित रहूंगा"। इनकी कोशिश ये हैं की ये हर एक दिन बेहतर शब्दों को जोड़ के लिखते रहे जो आप सभी को बहुत पसन्द आये। ठीक उसी तरह जिस तरह पूनम का चाँद और पायल की आवाज़ मन को मोह लेती हैं।

शुभम विश्नोई आशा करते हैं कि आप सभी को इनका लेखन "गलती कुछ मेरी भी थी" तथा "आज मै बताऊ" बहुत पसन्द आयेगा।

Instagram I'd - @vishnoishubham1710

गलती कुछ मेरी भी थी

शायद गलती सिर्फ तेरी नहीं,
कुछ मेरी भी थी।

मासूम रातों में आंखें तेरी भी नर्म हुई होंगी
यकीन है मुझे,
क्या गलती हुई हम दोनों से ,
जब हम साथ थे, तो कोई ओर क्यो हमारे बीच आया
 ये तू भी सोचती होगी।

तू भी तड़पी होगी, नर्म आँखों के साथ
बीते वक़्त की तुझे भी याद आयी होगी।
शायद गलती सिर्फ तेरी नहीं,
कुछ मेरी भी थी।

वो रातों की कुछ मीठी बातें
जिस में अक्सर हम खो जाया करते थे,
जब बातो में हम दो नही एक हुआ करते थे,
शायद तुझे भी याद होगा।

किस कदर तेरी याद में अक्सर आंखें भी नर्म हो जाया करती थी।
गलत नहीं है तू वो सब बातें आज भी याद हैं,
शायद गलती सिर्फ तेरी नहीं,
कुछ मेरी भी थी।

रात की खामोशी में उस पल तू भी अकेले ही रोयी होगी।
जिस पल तुझे मेरी ज़रूरत सबसे ज़्यादा होगी
उस पल मै तेरे साथ नही था।

शायद गलती सिर्फ तेरी नहीं,
कुछ मेरी भी थी।

आज मैं बताऊं

चलो आज मैं बताऊ क्या थी तुम
मेरे लिये मेरी दुनिया थी तुम
छू कर जो गुज़री वो हवा थी तुम
मैने जो मांगी वो दुआ थी तुम
मेरे चेहरे की खुशी थी तुम
मेरी आँखों की चमक थी तुम
मेरे दिल की धड़कन थी तुम
बस मेरी जिंदगी का सारा जहां थी तुम
लेकिन आज मै बताऊ क्या हो तुम
कभी मुझ पे तुम जान दिया करती थी
जो मैं कहता था, वो मान लिया करती थी
आज पास से अनजान बनके गुजर गई
जो दूर से मुझे पहचान लिया करती थी।
आज ये हो तुम, जो जानती भी नही हो अब।
पहले तुम मेरी थी लेकिन अब किसी ओर की हो तुम।

Sunita Jamuda

सुनीता जामुदा
जमशेदपुर झारखंड से सम्बनधित रखती हैं।
वे होटल मैनेजमेंट की छात्रा हैं और भविष्य में
शेफ बनना चाहती हैं।
खाली वक़्त में इन्हे लिखना और संगीत सुनना काफी अच्छा लगता
है।

दोस्ती

कभी ऐसा सोचा भी ना होगा किसी ने,
की कुछ लोग परिवार से अपने हो जाएंगे,

घरवालों से दूर कुछ रिश्ते इतने खास बन जाएंगे,
कुछ अंजाने चेहरे हमारे इतने खास बन जाएंगे।

ज़िन्दगी के कुछ पन्ने ,
उनके साथ कुछ ऐसे लिखे जाएंगे,
जो याद आने पर हमेशा खुशियां दे जाएंगे।

शायद सफर उनके साथ किसी मोड़ पर
अधूरे रह जाएंगे ,
लेकिन उनकी यादें हमेशा
एक मीठी यादों में ले कर जाएगी।

जिम्मेदारी

बचपन को कहां पता था,
आज जो इतने खुश और
खिले से चेहरे हमारे है।
कल को जिम्मेदारियों से भर जाएंगे।
बेफिक्र जीते थे , जब
पिता के साए में थे।
मां की आंचल के साए खेलते और
लाड़ में रहते थे।

एक दिन मां की आंचल तो रहेगी,
लेकिन संवारना हमें पड़ जाएगा।
पिता का साया तो रहेगा लेकिन
उसे बनाए रखना हमारी ज़िम्मेदारी
बन जाएगी।

Zohra Ahmed

इनका नाम ज़ोहरा अहमद है ये इलाहाबाद से एक छात्रा स्नातक स्तर की पढ़ाई बीएससी के तीसरे साल में कर रही है। इनकी उम्र 22 वर्ष है और ये अपने पूरे अनुभूति के साथ लिखती है। एक साहित्यकार के तौर पर इन्होंने कई सारे संकलन में काम किया है जिससे इन्हे काफी अनुभव है इसका

ये अनुभवी लेखक तो नहीं है पर अपने काला से

अपने अनुभूति को कविता के माध्यम से कह देती है ।लिखने का शौक है इन्हें और ये अपने खाली समय में अपना वक़्त कलम और डायरी के साथ अधिकतर बीताती है

ये लिखती है क्युकी लिखने से इन्हे एक शांति मिलती है।

गए होतो मत आना अब

ख़ैर गए हो तो मत आना अब,
मेरे इस दिल को फिर से मत तड़पाना अब,
जाना तुम्हारा सजा से कम ना था,
इतना अच्छा होकर भी हमारे रिश्ते में दम ना था,
जाना तुम्हारा इतना भी क्या जरूरी था,
मेरे साथ रहना तुम्हारे लिए मजबूरी था,
खैर गए होतो मत आना अब,
मैं कितना भी बुलाऊ ,
मुझ पर तरस मत खाना अब,
साथ छोड़ा है तुमने,
दिल तोड़ा है तुमने,
जान मत ओर जलाना अब,
खैर गए होतो मत आना अब,
मेरे तरह किसी ओर को छोड़ मत जाना अब,
उसका दिल यूं मत दुखाना अब,
खैर गए होतो मत आना अब,
बहुत दर्द है मेरे ज़िंदगी मे ,
कोई नया मत लाना अब।
मैं रह लुगी तुम्हारे बिना ,
लौट कर मत आना अब।।

तहजीब

तहजीब कुछ यूं सीखाती है,
गैरों को देख कर भी मुस्कुराने का सबक बताती है
मोहब्बत से दो लफ्ज़ बोल दो किसी से
खुदा के यहां यह नेकी कहलाती हैं।।
दुशमन को भी दुआ दिला ती है
बुरा करने वालो से भी अदब से पेश आती है
जी हां हमारी तहजीब हमें यह सीखाती है।।।
बेटीयों की पैदाइश पर खुश किस्मत बताती है,
बेटियों के साथ मोहब्बत जताती है
जी हां तहजीब हमें ये सीखाती हैं।।
कुछ छोटा सा यह पैग़ाम बताती है
किसी को बदुआ देना तो दूर
हमारे यहां खुदाखुशी भी हराम कहलाती हैं।।
वालिद के सर के ऊपर जन्नत की कुंजी तो
वालिदैन के क़दमों के नीचे जन्नत मिल जाती है
हमारी तहजीब हमें यह सेखती है।।।।

Flairs and Glairs, a platform by a student for   the students. We are esteemed youth struggling to carve out our path for our future and we follow a basic mindset Since everyone is not born with allround skills. Joining hands with people who are born to execute it with perfection is the best way to evol ve. Self-Evolution is the need of the hour but, evolving as a community is what we strive for.   The initiative as kickstarted by, Founder - Mr. Shubham Shah with the motive to utilize the skillset and talent of writing has now a team of 10+ people who are actively participating into newer forms of learning and discovering talents among youngsters. We Provide platform and services like Publishing opportunities, Open mics, Workshops, Hands-on training. Operating with Brand Name of Flairs and Glairs (Publication House), we offer the chance of elevating a passionate writer to an esteemed author   With Brand name Teekhe Zasbaaat. We bring to you an opportunity to get accustomed with the Public Speaking and Presenting of Thoughts along with regular challen ges to brush up your inking spirit.   The newest initiative to extend our services we introduced in a new writing Platform- The Glittering Fables and Ink Over Tears.

We Choose to Fly Like A Falcon than to be

a Leg Pulling Crab.

To Know More: Infoline – 7781900870
Mail Us At-
flairsandglairs@gmail.com / info@flairsandglairs.in
Or Visit is at
www.flairsandglairs.com / www.flairsandglairs.in
Social Handles- @flairsandglairs @teekhezasbaaat

www.ingramcontent.com/pod-product-compliance
Lightning Source LLC
LaVergne TN
LVHW050919200726
843508LV00011B/2235